홍녀

임솔내 QR코드 낭송시집

인쇄 · 2024년 5월 15일 | 발행 · 2024년 5월 25일

지은이 · 임솔내
펴낸이 · 한봉숙
펴낸곳 · 푸른사상사

편집 · 지순이, 김수란, 노현정 | 마케팅 · 한정규
등록 · 1999년 7월 8일 제2-2876호
주소 · 경기도 파주시 회동길 337-16(서패동 470-6) 푸른사상사
대표전화 · 031) 955-9111(2) | 팩시밀리 · 031) 955-9114
이메일 · prun21c@hanmail.net /prunsasang@naver.com
홈페이지 · http://www.prun21c.com

ISBN 979-11-308-2147-4 03810
값 30,000원

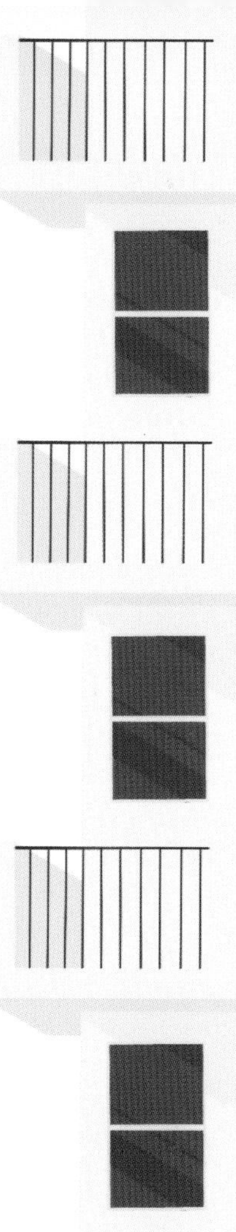

임솔내

QR코드 낭송시집

시인의 말

시가 시로부터 오는 것이 아니라

사람으로부터 오는 것이라

감각이 마모된 지 10년 만에 잡아보는

책 만들기는 지난했다

삶을

표현하기를 택한 자는

삶을 누리지 못한다는

누군가의 말처럼……

그냥,

크고 붉은 나의 한생을

제목으로 눙쳤다

2024년 봄날

筆耘齋에서

차례

제2부 비 오듯 바람 불듯

제3부 오래된다는 거

제4부 동행이라서

제1부

십장생 금침衾枕

물고기 연적硯滴

풍경 줄 끊고 나와

어느 선비의 붓 끝을 적셔 놀았도다

허공에 매달려 온몸으로 쇠종을 칠 때도

화선지 뽀얀 몸에 정사를 풀 때도

까무룩~ 까무러쳤었다

꽃물 듬뿍 찍어

한 번의 생 살고 싶었다

시 · 낭송 | 임솔내

https://www.youtube.com/watch?v=7YZfowJNAS8

십장생 금침衾枕

십장생 수 이불을 한 채 들여온

그때부터일 것이다

밤마다 내 배 위에 하늘이 내려오는 일

그 지체 높은 십장생이, 실밥으로 박혀 있던 열 개의 몸짓이

황금 폭포처럼 내 안으로 들기 시작했다

열락이다

시 · 낭송 | 임솔내

https://www.youtube.com/watch?v=-BF7sonPrS0

기골찬 대숲 바람 소리 들린다
목이 긴 흰 새와 찔레순 닮은 관을 달고
오방색 구름톱 넘나드는 무구한 것들 온데간데없이
달이 부풀어 오르는
밤마다 내 배 위엔 새로운 땅이 솟는다
또 열락이다

밤새 대숲 바람 소리 세차다
아슴한 그곳 봉과 황의 몸이 닿는 순간
구름보다 더 높은 곳으로 내가 치솟는다
빈 곡신에 시퍼런 씰물이 들이치면
백 년 적송이 온몸으로 운다
열 개의 몸짓이 황금 폭포로 내 안에 쏟아지는 일
밤마다 내게로 하늘 내려오는 일
신비한 우주 속으로 걸어 들어가 절로 십장생이 되는 일

두 눈 질끈 감은 채
밤마다 열리는 마법의, 그 영화로움에 빠져

나는 끊임없이 수만 번씩 바람 이는 대숲에 들고

나는 끊임없이 다시 태어나고 또다시 태어난다

십장생 수 이불을 한 채 들여온

그때부터일 것이다

나의 이 천 개의 열락은

매화길

승선교 물소리는 바다를 닮았다
육백 년 동안 해가 다녀간
선암매 향내는
바람 부는 겹겹 사람의 기슭이다

황토 흙길을 걸어
하늘로 날아든 콘도르처럼
자박자박 그 우아한 날개 소리
혼자는 벅차오르는 꽃길
꾹– 다문 침묵 내 다 읽을 수는 없으나
다시 사랑할 때
댓돌 밑 신발을 돌려놓아주듯
또 사랑과 헤어지면 어떠리

황토 흙길을 걸어 숲으로 든 콘도르
끝내 돌아오지 않아도
오래됨의 품위로
너무 오래 울지는 말자
기적처럼 길모퉁이를 돌아 나올

사랑을 기다리자
마술 같은 사랑 섬 같은 사랑

조선 미인의 청푸른 속곳 같은
매화 꽃길에 서서
찬연한 염불 소리로 피는
매화 꽃길에 서서
단 한 올 삶의 보풀도
꽃보석으로 피우자

진저리쳐지는
이 봄날엔
선암사에 들자

시 · 낭송 | 임솔내
https://www.youtube.com/watch?v=dAH03lP0WYs

반딧불이의 쇼생크 탈출*

소등을 하고 잠자리에 든다
신새벽 물 한 모금 땡겨 주방에 들면
파랗게 눈을 뜬 반딧불이들이 날아 다닌다
청태 자욱한 청정지역이다 맑은 샘이 솟는 숲속에
스마트폰 반딧불이, 김치냉장고 반딧불이, 청소기 반딧불이,
정수기 반딧불이, 보일러 반딧불이
다 다른 이름으로 다 같이 환하다
벽에는 〈별이 빛나는 밤〉 고흐가 환하고
사이프러스가 솟구치고 물결친다
저 천상의 빛에 감전되고 싶다
공허 속에 눈빛 이야기가 한창인
저 천상의 빛에 감전되고 싶다
죄다 돼지 콧구멍에 긴 꼬리가 꽂힌 채
저마다 환~한……
퇴화로 대변되는 짤막한 내 꼬리뼈를
어느 구녕에 꽂아야 열 달 만삭으로 환할까
그 꼬리뼈 접속하면 내 몸통에도 파란 반딧불이가 켜질까
그 꼬리뼈 접속하면 내 안 수천 년의 갠지스가
푸른 별 은하로 쏟아질까

몸 안에 갇혔던 내 반딧불이들이 수만 볼트의 전류를 타고

"이때다" 나를 탈출할까?

아, 포근한 산들바람— 쇼생크 탈출!

외로운 행복 자유, 그 영원함에 나는 잇대고 싶었으리

* 〈쇼생크 탈출(The shawshank redemption)〉(1994) : 프랭크 다라본트 감독, 팀 로빈스 · 모건 프리먼 주연의, 자유에 대한 갈망을 그린 영화.

하이바이, 19

섬처럼 사느라
엄마를 내다버린 곳에 가지 못했다
허연 칠순의 아들이 구순의 어미를
음압 병동으로 옮기는 걸
멀리서 바라만 보는 모습 TV에 뜬다

꿈처럼 자꾸 도망가라 멀어져라
혼밥으로도 이미 아득해졌을 길
헤지고 굽어진 길 어귀에서
서로 기다릴 텐데

눈에서조차 멀어지면
어쩌자고
꽃은 자꾸 떠서 지고 있는데

이제 가야지
엄마 버린 곳

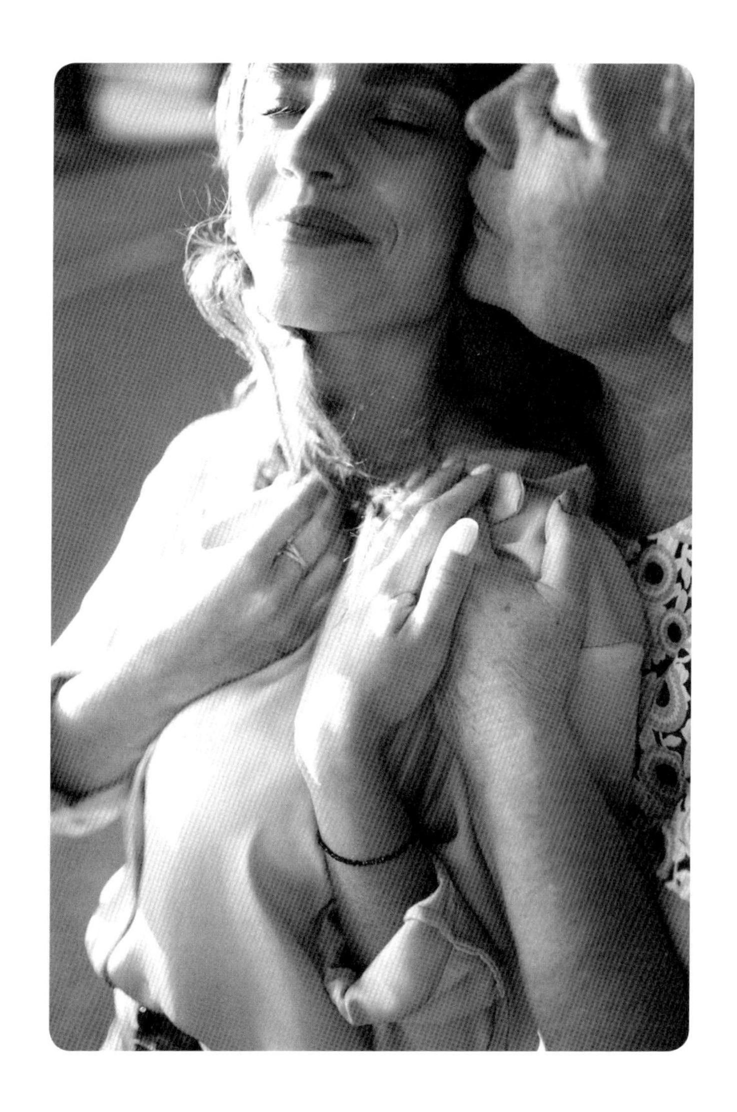

바다가 되는 일

벽이 굽은 집이었다
언제 폭삭할지 몰라
매일 밤 유서 들고 잔다며 키들댔다
재개발이 한참 멀었던 그날맹이
유년의 청년의 강은 거기서 콸콸 흘렀다
흙벽돌 그 집, 감옥같이 뚫린 창으로도
막무가내 들이치는 햇살은 나의 목숨이었다
나머진 내 낡은 서랍 속에 쌓였다
우리의 둥지는 아늑했고 없지만 따뜻했다
그땐 녹색 일기가 쓰였고 달처럼 잘 익어갔다
괄약근이 망가져 지금은 비데를 무색케 하는 울 엄마
세상사 쏜살같이 흐르거나 말거나 칠십구에서 멎었다
바다에 이르러 놓아버린 강물
아, 삶은 바다가 되는 일
굽은 벽은 바다로 가는 곡선이었다
나였던 그는 어디에 있을까
그였던 나는 어디로 가고 있는가

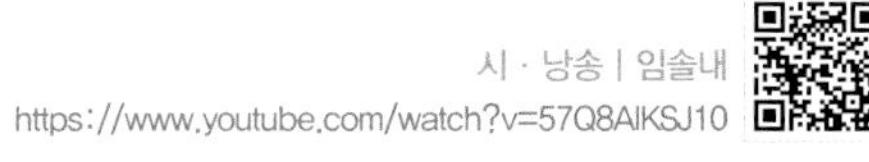
시 · 낭송 | 임솔내
https://www.youtube.com/watch?v=57Q8AlKSJ10

그대라는 한 뼘

너

핏줄 같은 선율

봄 길의 몸짓 닮은 마지막 이별 같은 너

그 속으로 걸어 들어갈 때

헛담 앞에 서서 기다려야 한다

한 뼘의 몸이 데펴지기를

제 몸 헐어 별까지 가는 일

사랑을 길어 붓는 일

가루가 되지 않고서야 어찌 사랑했다 말하리

속울음 꾸역꾸역 밀어 넣어야

나오는 이름

그래도 모자란 듯 소리 내어줄 때는

눈물겨운

나의

나의 하모니스트!

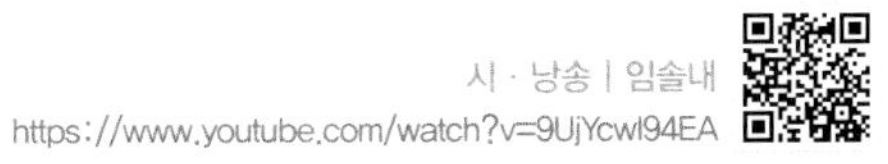
시 · 낭송 | 임솔내
https://www.youtube.com/watch?v=9UjYcwl94EA

내가 살고 있는 집

커피 봉다리 아로마 밸브를 누르듯
나는 내 배꼽을 눌러본다
귀담아 듣던 모차르트 클라리넷
정도는 흘러 나오겠지
기대에 차서 의문에 차서

아니었다
언제였는지도 모를 꿰맨 흔적이
여기저기 득실거리고
허드레 춤들이 낡아 나왔다
내 몸 집에 무엇이 살고 있나
나를 만날 수는 있을까
아니었다
오래 살아남을 아무것도 없었다

아니었다 아니었다
나는 다시 돌아 나와
배꼽,
취소 버튼을 누른다

파란 나비

"하늘과 땅이 관이고 해, 달, 별이
나의 순장품이다"라던 장자가
나는 부러웠습니다
그 딱딱한 육신의 고치를 벗고
영혼의 나비가 되는 누에가
나는 참 부러웠습니다.

임종을 앞둔 어린이들을 돌본
퀴블러 로스*
뒤집으면 나비로 변하는 애벌레 인형을
가지고 다니며 어린 환자들에게 보여주던
그가
나는 참말 부러웠습니다.

더 기막힌 것은,
자신의 장례식의 절정을
그의 자녀가 관 앞에서 작은 상자를 열어
나비가 날아가게 한 것
조문객들이 미리 받은 봉투를 열자

봉투에서 파란 나비가 나와

공중으로 날아갔대잖아요

이 일을 어쩌면 좋아요

* 퀴블러 로스 : 스위스 태생의 정신과 의사, 생사학의 세계적인 권위자.

내 안에

내 안에 사람을 들인다는 거
내 안에 그대라는 강물이 흐른다는 거
날마다 흐벅진 산山이 내 안에
자라고 있다는 거
'잘 살자' '잘 살자' 자꾸만
말 걸어 온다는 거
홍건하고
아늑하고
아득하다는 거

산다는 건 견디기도 해야 하는 거
그대의 찬 손 내 안에 쥐면
떨어뜨릴 수도 없는 눈물이
고인다는 거
꺼내 보이기도 벅찬 내 마음
정갈한 삶 위에
곱다시 얹어본다는 거

저 아련한 거처
내가 할 수 있는 위로가 없어

잊을 수도 놓을 수도 없어
나도 그럴 거라는 거

허나,
그대라는 편질 읽으면
왜 이리 울어지는가

시 · 낭송 | 임솔내
https://www.youtube.com/watch?v=O8J8ZcRa06E

세 사람

어스름 저녁발 드리울 때
엉터리 생고기 집
늘 행주가 뽀야니 뽀송뽀송해야 하는 한 여인과
젊고 낭만적이고 멋진 한 남자와
팔자로 노래 잘하는 또 한 여인이 둘러앉았다

눈발이라도 흩뿌릴 듯한
아담한 멜랑콜리한 저녁
절절한 사연의 한 여인과
서로 갖고 싶은 한 남정과
노래 못해 주위 몇 사람이 고소해하는
또 한 여인이 허름한 솥뚜껑 집에 둘러앉았다

늘 연애하는 남자 일인
정답 없이 삶을 사는
쓸쓸하고 아름다운 한 여인
콧대 높아 우아한 또 한 여인

눈이 펑펑 왔음 싶었는데 밤까지 별꽃만 폈다

쿵쿵 살아가는 두 여인과

자기는 꼬모에서 왔다는 한 남자

딱 셋이었는데

거기엔 사람꽃이 막 폈다, 흐드러지게

소리 오딧세이

궂게 비 내리는 날이면
나는 무쇠 솥뚜껑 지짐이 집에 간다
갈 때마다 장수, 인삼, 더덕은 단골이고
새로운 영탁이도 와 있다
오래 오래돼서 허랑하지만
흙의 소산들은 뭣이고 다 지짐이 되고
전 부치는 소리 비 오는 소리 섞여 음악이 된다
몇 안 되는 테이블마다 굴곡진 생을 끌어내느라 걸직하다
연신 무쇠 솥뚜껑 골 진 턴테이블
빙글빙글 돌면
그 골판에서 울려 퍼지는 새디한 발라드
촉촉해서 또 눈물 고인다
맘 좋은 엄마표 이모 두 분
인생 OST 작곡가다
오늘은 목동에 사는 존 윌리엄스라 하자

시 · 낭송 | 임솔내
https://www.youtube.com/watch?v=q_FGzQx4smM

그래,

사무친다는 것은
부서지는 일이다
그립다는 것은
혼자 우는 일
그래, 사랑이란 전 존재를 거는 일

목련등불

작년 꽃, 그 가지

숨도 못 쉬게

하얀 꽃등 켜들고

푸새한 백의(白衣)

어느새

나도 등이 되었다

인왕산 기슭 수성동 계곡을 벗삼다

내 애초에 가난하여
질질 새는 운동화를 신고
길 나섰더니
진종일 오시는 비에
인왕바위 젖듯이
장하게 뛰어내리는 수성계곡 폭포가 죄
내 신 안으로 들더라

운무 자욱한 선경에 머물며
겸재 만나는 절경에 빠져
돌아올 줄 몰랐더라
저물고서야 초가삼간 처소에 들었더니
내 십일호 자가용은 팅팅
불어 터졌더라
햐~

참 좋았더라……

시 · 낭송 | 임솔내
https://www.youtube.com/watch?v=unlgNG2VaNs

제2부

비 오듯 바람 불듯

사월에

갔다가 다시 온 꽃잎

세상에나

그리움의 답은 저런가 봐!

천년 사계

봄을 잉태한
차가운 겨울에서 시작하려 합니다
새하얀 눈발이 우리 모두를 품었으니까요
나 이제
백옥 같은 함박눈으로 그대를 섬기렵니다
어디에서 시작되었는지 깊이를 알 수 없는
문장을 읽으며
키만큼 쌓인 하얀 축복 밑에는
봄의 옹알이가 들리기 때문입니다.

어느덧
훈풍이 불면 폭신한 대지를 뚫고
겨울이 보낸 뽀얀 목련화 피어납니다
오만가지 꽃 피워 그대를 섬기렵니다
행복 씨앗 물어 나르는 아침 새로 날겠습니다
아지랑이 넘실대는 봄날
천지만물에서 사랑 배우렵니다

내가 받은 섬김처럼 누군가를 향해 나를 쓰겠습니다
무궁한 초록 되어 그대를 섬기렵니다
울창한 음을 품어 찬란한 창공을
알바트로스 여름새로 날겠습니다
물푸레보다 더 푸르게
푸른 새 되겠습니다

가을 오면
단풍처럼 곱게 물들었는지
단풍처럼 아름답게 살았는지
알알이 붉은 열매 맺었었는지
흙으로 가는 낙엽처럼 섬겨 사랑했는지
내게, 내게 물으렵니다

시 · 낭송 | 임솔내
https://www.youtube.com/watch?v=4JLIgmXWB_g

나비 핀

그 집에서 하얀 실내화를

신고 살던

엄마를

지난해에 잃었습니다

하얀 나비 핀이

내 머리에 앉았습니다

이제부턴 엄마를 이고 살려구요

못다 한 봉양

두 손에 얼굴 파묻어도 엄마 냄새는 지천인데

클래식 노트

풍화된 반세기 전의
낡디낡은 노트 하나
백 명이 넘는 오케스트라가
들앉은
나의 문화유산 1호

종이가 수壽를 다하면
나무 냄새와 흙냄새가 난다
나들나들해서
껍질을 몇 번씩이나
갈아입혔다

촌.시.럽.다

Float
POEMS
ELIZABETH BISHOP
CAIN

비 오듯 바람 불듯

잊혀진 계절을 남기고 간 그대여
뒤돌아보며 미소 짓고 간 그대여
비 뿌리는 창에 기대어
흰 눈발 꽃잎처럼 날릴 때까지
외로웠을 그대여
그대의 그리움은 큰 강물로 흐르네
잘 있냐고 너무나 길어진 물음이
한 번에 와르르, 늦어진 안부가
부음으로 날아들어 가슴을 치네
머스마 어깨 허물도록 기대 울던 사랑아

소스라치듯 살다 간 여인이여
먼지처럼 없어진 여인이여
문득 만져본 꽃잎처럼 여린 이여
이느므 가시나 살다 간 자리
녹슨 대못 하나 박혔네
사랑이란 말도 못 하고 이별만 들었네
구멍 숭숭한 가슴 바람 헤집네
어쩌자고 는개 자욱이 내리는가

어쩌라고, 어쩌라고

꽃은 숨 못 쉬게 피는가

오라Aura* 물리학

별가루로 생겨났다는데
어데서 왔을까 나는
우리 모두 별의 자식이라는데
열두 색 중 하나라는데 무슨 빛일까 나는
내 작음이 지구별에 태어나
별이었고 별이었다가 어두워진다는데
속마음 겉마음 다 빛이라는데
60조 세포가 다 빛나는 별 내 몸이라는데

아무도 모르는 나를 나도 모르는 나를
그 빛의 스위치를 껐다 켰다
하는 것도 나 자신이라는 걸
까마득 윗대 부모의 부모 그 부모의 부모
또 부모의 부모 열매라는데
씨앗이라는데 뿌리라는데
내 안에 뜨는 별이 그리도 많아
이미 우리는 빛나고 있었었네
태초의 보랏빛 붉은 햇살로

* 오라Aura : 인체나 물체가 주위에 발산한다고 하는 신령스러운 기운.

사랑 참,

여기쯤일까
익선동 카페를 돌아 나온
진이는 하늘을 본다
마법에 다시 묶일 시간이 바짝 쫓아오고
임제 누운 곳 어딘지 몰라
잔 잡아 처처에 흘린 술 망망해라
여기쯤일까
'청초 우거진 골에 자는다 누웠는다'
임지로 가는 길 임 향한 술잔 들어
날 호명하던 골목
몸서리 지게 외로움 타는 날
언뜻 날 부르는 소리 사랑의 호명 받아
지구별에 귀환한 절세가인
임제 누운 곳 어딘지 몰라
아득한 눈물 하늘에 가득
남아야 하나 가야만 하나
몇 생애나 닦아야 하나
사랑 참,

시 · 낭송 | 임솔내
https://www.youtube.com/watch?v=B9h3j9Md_-g

도로명주소 납 4구역

유택아파트 문패에도
바람이끼가 앉아 손바닥으로 쓸어내며 읽는다
경계를 넘어간 그곳에도 이미 공중부양이다
죽어서도 따시게 등 붙이지 못하는 저 세상
그렇게 오라비를 잃은 지 십수 년
어찌 이리 멀었을까
차가운 타일에 붙박혀 사는 그를 찾는 데
너무 오랜 시간이 흘렀다
회한이 괴어 말문도 못 열고 울컥 목부터 메인다
저 때문에
치매라는 병에 갇힌 그 애미도 앞서 간
뼈대 가문의 맏이
어느 날 문득 죽었을 때 그는 엄마의 정신줄까지
툭 끊고 갔다 탯줄 끊듯 사정없이
굵은 눈망울과 그 선한 미소를 한 줌으로 부술 때
날 업어주던 그 등의 온기에게 참 미안했었다

나는 아직도 울음을 견딘다
아, 나의 오라비

시 · 낭송 | 임솔내
https://www.youtube.com/watch?v=L7Cvfbu6FAA

소소한 일상

나무 밑에 앉았다
벌레가 살고 있었다

하늘을 쳐다보았다
구름 배가 떠가고 있었다

그 끝자리 허공에
잠깐 엄마가 보인다

하늘에 밑줄을 긋고
걱정 말아요, 그대
라고 썼다

하필 인간으로 태어난 나는
나를 사랑하기로 했다

염습

삼베옷 한 벌 얻으려고

옥문玉門까지 깨끗이 닦여
삼베 버선
삼각 고깔
구름 침대
종이 새끼줄 똬리 틀어 목을 고이고
몸뚱아리 열두 번 뒤적이며 핑크색 고름 여미는
수의壽衣
입혀드리니 해어화 꽃 같다
저 삼베옷 한 벌 얻으려고 왔다 간 우리 엄마
곱네
안녕!
엄마!

혼연히 토문土門에 드신 날

시 · 낭송 | 임솔내
https://www.youtube.com/watch?v=6AKIKQ9iTYU

탄생

그 먼 길을 빠뜨릴까 봐

떨어뜨리고 올까 봐

손가락 발가락 다 챙겨 오느라

얼마나 애썼을까 오, 아가!

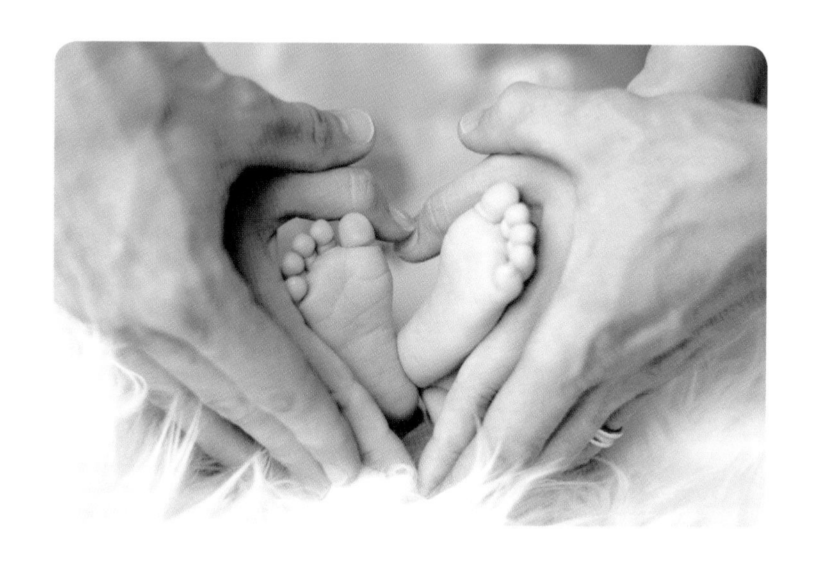

제법 비 오는 소리 굵다

노랗게 익어 비에 젖어
제 모습 내려보며 서 있구나
어느 모퉁이 돌아 후미짐을 돌아
또 쓸쓸함에 닿았구나
초록을 달여 황금빛이기까지
천 날이나 걸렸구나 지친 마음
바람결 하나에 손 흔들며 가는구나
새처럼 지는구나
힘겨울지도 모를 이별로 지는구나
세상 속에는 제법 비 오는 소리 굵다

시 · 낭송 | 임솔내
https://www.youtube.com/watch?v=-IPO4sUcTVM

미술관 사는 엄마

미술관 〈리움〉에 가면
수를 다한 암거미가 산다
거뭇거뭇 칠이 다 벗겨진 강철 자궁 안에 알을 품었다
기골이 장대했던 몸체를 늙고 낡은 가는 다리들로
닻을 내린 푸릇푸릇한 슬픔
고대광실
거품 버글대며 비단 뽑던 암갈색의 청청한 몸
밀물썰물 들락이며 날것으로 펄떡이던
그 무작정의 내부는 이제 텅 비어서
금세라도 무너져 내릴 만큼 허하다
온기 식은 강철 우리 안에 알을
기어코 부화시키고서야 눈감을 저 엄마

언제 숨 거둘지 모를 내 엄마, 그의 꽃이던 나는
쿨하게 바칠 그 아무것도 없는데
이제 다시 살아보라고 내 자궁에 거둘 수는 없을까

시 · 낭송 | 임솔내
https://www.youtube.com/watch?v=HcawBxXc0uc

미인

오늘
강남에 사는 탤런트 친구를
만났어요
가로수길을 거닐고
먹자골목을 가고
서로 사느라 몇 년 만에 해후였어요
참 좋았어요~ 그 친구는
여전히 미인이었어요

지음知音

오심 년 지기들이
내 작은 전시회를 보러
남산골로 나를 찾았다
윤선이는 둥글어서 좋았고
경아는 동그래서 좋았다

우리 셋은 늙은 예쁨으로
끝겨울 햇살이 난사하는
한옥마을 뜰을
따시게 거닐었다
벗은 이랬다

해찰

임금님 나라
수랏간 귀퉁지 탕제 숯불에
부채질하던 어느 이름 없는
무수리였으리라 나는
직박구리 쏜살같은 울음 위로 하늘은
청승맞게 푸르다

오달지게 단풍 든 궁 숲길을
거닐 때마다 이 좋음은
출신지 찾아드는 연어 떼의
회귀본능이리라
맞배지붕 순한 박공널을 바라보다가
연경당 나무 의자에도 앉아
또 하나 차경이 되기도 한다

육각 존덕정 정조의 글
'만천명월주인옹자서萬川明月主人翁自序'에
발이 묶여 옴짝도 못 하는 사이
작은 돌다리 밑에도

존덕정 낙양각 사이로 붉게

타는 끝 가을이 진했다

어제는

제3부

오래된다는 거

햇빛 알러지

희화국*에는 열 명의 태양이 있었다
갑 · 을 · 병 · 정 돌아가며 뜨더니
질서가 지루하던 어느 날
황도를 벗어나 한꺼번에 뜨는
우주 쇼를 시작했다
지상 사람들은 태양 열기에 속절없이 타들어 갈 때
그때
아홉 개의 화살로 아홉 태양을
전사시킨 신궁, 최고의 명사수는
나였다
'사수자리'
무 · 기 · 경 · 신 · 임 · 계 어떤 태양이 남았을까
그 트라우마로 나는 지금도
뜨거운 여름만 오면 팔뚝에 발진이 인다

햇빛 알러지……

* 희화국 : 중국 고대 신화 중 열 개의 해를 낳은 태양신의 나라

돌이 된 물고기

만어사라 들어보셨는가
바다가 통째로 올라와 삼천육백 년 치성하는
고 쬐그만 절집
얼마나 명법문이었기에
바다째 홀려 왔을까

혹,
만어사 턱밑 그 장관을 아시는지
승복 입은 물고기들의 계곡
끊임없이 지느러미 흔들며
법문에 달려 넘실거리는 은빛 비늘들

만선의 배를 통째 쏟아부은 듯
너덜지대 물소리 석경石磬 소리 산자락을 울리고
만가지 생生을 이고 지고
제 몸 일으키는 만어석萬魚石
눈물 거두듯 재촉 없는 길에 어스름 저녁이 들면
돌 속에 들어 나도 흐르네

오, 만어사

물 없는 바다 말 없는 먹빛 파도여

날마다 찬연한 천공의 무량함이여

만어의 등푸른 예배

내 떠돌던 발길 가 닿을 곳

시 · 낭송 | 임솔내

https://www.youtube.com/watch?v=Lyo4XUvVQs8

지상열차분야지도

별에서 왔죠
궁수자리요
바람 부는 날이면 활시위 날아가 떠돌았지만
무수한 천구天球 거대한 은하에 떠서 눈부시지만
어느 역에 내릴지
그 고요에 빠져 하차 멘트도 듣지 못한 채

지상의 삶이 이울면 본래의 그곳
내 온 자리 찾을 수 있을지
빈 철봉대에 햇빛이 고여 눈부신 날
내 사랑에 숨은 이별이 흩날려 별자리 어디쯤에 닿을지
천 갈래 만 갈래로 부서져 흩날리기만 할지
수만 가닥의 순례길 유영하다가
어느 곳에 닿아 소멸할지
꽃잎 흐드러 핀 날
별빛으로 부서져 꽃비처럼 흩날렸으면
나의 이 행성에서

그대

인생의 샛문처럼

마음이 들락이는 통로가

있어 그 사람이 그대라는 걸

사는 날까지 삶을 잇는 데

안녕처가 되어줄

그 사람이 그대라는 걸

홍랑, 홍랑, 홍랑

세월 깊어 손전화 방전됐거들랑
손편지 걸어주오
묏버들 꺾어준 이여

햇봄 찾아와
붉은 입술 청앵도* 들리면
맨발로 뛰어가 와락 그대인가 여길 터니

*김홍도의 그림 〈마상청앵도〉에서 따옴

시 · 낭송 | 임솔내
https://www.youtube.com/watch?v=249p9FoLMXY

POST

베리 연가

별과 흙이 만나는 그곳
사람 사람꽃 폈네
지상으로 내려온 비색
베리 베리꽃 폈네
하늘을 사랑한 그 남자
천상의 연인을 지상으로 데려와
가슴에 품었네
대지의 가슴에 신비로 번졌네
월하천 은하길 햇살로 익을 때
담청 치마 단장으로 한여름의 비천
삼백예순 날 그 남자 눈멀고 말았네

어느 바람 부는 날
따뜻한 위로이던 여인아
세상 거친 비 내릴 때
일곱 빛깔 우산 되어준 연인아
곱게 곱게 흰 눈 내려 쌓여도
낡지 않을 체온들
물처럼 산처럼

한생을 살고 갈 나의 연인아
꽃으로 잎으로 열매로
남자꽃 여자꽃 서러운 꽃

화천 천지를 물들이고 말았네
속절없이 물들고 말았네

밥

해 저물고 새해가 떠오를 즈음

왜 그렇게 밥 먹을 사람이 많은지 모르겠다

유독 먹는 밥만이겠는가

이 사람 걸리고

저 사람 걸리는것은

사람은 가슴으로 이뤄져

함께 살아냈다는 마음줄 하나 긋고 싶은 거다

갚을 가슴이 많다는 거다

뼈저린 일 숱했다는 거

마주해 고맙다는 거다

그 고마움 푸는 일

해 떨어지기 전 밥 한번 먹자,

밥

해변의 카잔차키스

크레타섬 케팔로 언덕
'자유'라는 이름으로 외롭게 누워

뚜걱~ 뚜걱
지금도 조르바 춤을 춘다

멀리 부즈키 소리 오렌지 향기에 날리고
십자의 비목 하나 고고히 외롭구나

등걸 같은 소나무가 아치로
바람에 희끗희끗한 올리브 잎

입 열어 부르짖지 않고도 자유롭게
그대 무덤 그늘 지어주누나

니코스,
숨 거둔 그 자리가
그래, 자유롭긴 하신가?

시 · 낭송 | 임솔내
https://www.youtube.com/watch?v=qiPM8WZHVls

그랬습니다

참으로 갈입디다

화양구곡 물소리가 그랬고

애한정* 문살이 그랬고

일천 살 먹은 먹빛

괴목이 그랬고

익어 겸손해진 겨잣빛

벼이삭이 그랬고

구곡 '청천'에 오른

내 파안대소가 그럽디다

온통 가을에 들었다고……

* 애한정愛閑亭 : 충북 괴산군 괴산읍 검승리에 있는 조선 시대의 누정. 유학자 박지겸이 지내던 곳.

오래된다는 거

날이 좋아서

하늘이 좋아서

바람이 좋아서

명륜당 육백 살 노란 단풍이

흐드러 핀 날

시공을 초월한

아이돌 유생들과 해찰하다

왔습니다

그 오래된 운동장에서

붉은 원피스 사진

이렇게 날 찍어놓고

그녀는

어느 날

느닷없이 갔다

다시는 돌아오지 못할 곳으로

영원한 이별 인사도 하지 못한 채

아니,

갈 것을 눈꼽만치도 알아채지도 못한 채

이토록 붉게……

자코메티

영혼으로 걷고 있는 빼빼마른 사람

남자인지 여자인지도 모를 유약한 사랑

뮤즈 없는 가슴 어디 있으랴

결코 당신만 고독한 것은 아니리

그런데도
저 파고드는 시선은 무엇이란 말인가

걷고 또 걷는 저 조용함은
어디로 가는가 말이다

시 · 낭송 | 임솔내
https://www.youtube.com/watch?v=zvM-dzNF0zM

너

너 있어 그 세월을 살았지
미치도록 사랑했었지
푸르러서 좋은 사람아
내 안에 든 사람아

저무는 밤하늘이 백설을 내리셨지
적막한 눈雪 무덤 헤치고
천 번을 덖어낸 가슴
달빛에 식혔지

난생처음 울었지
엉엉 하늘 보고 울었지
너 있어 그 세월을
단 한 번으로 울었지

시 · 낭송 | 임솔내
https://www.youtube.com/watch?v=x-RM5yjc7CU

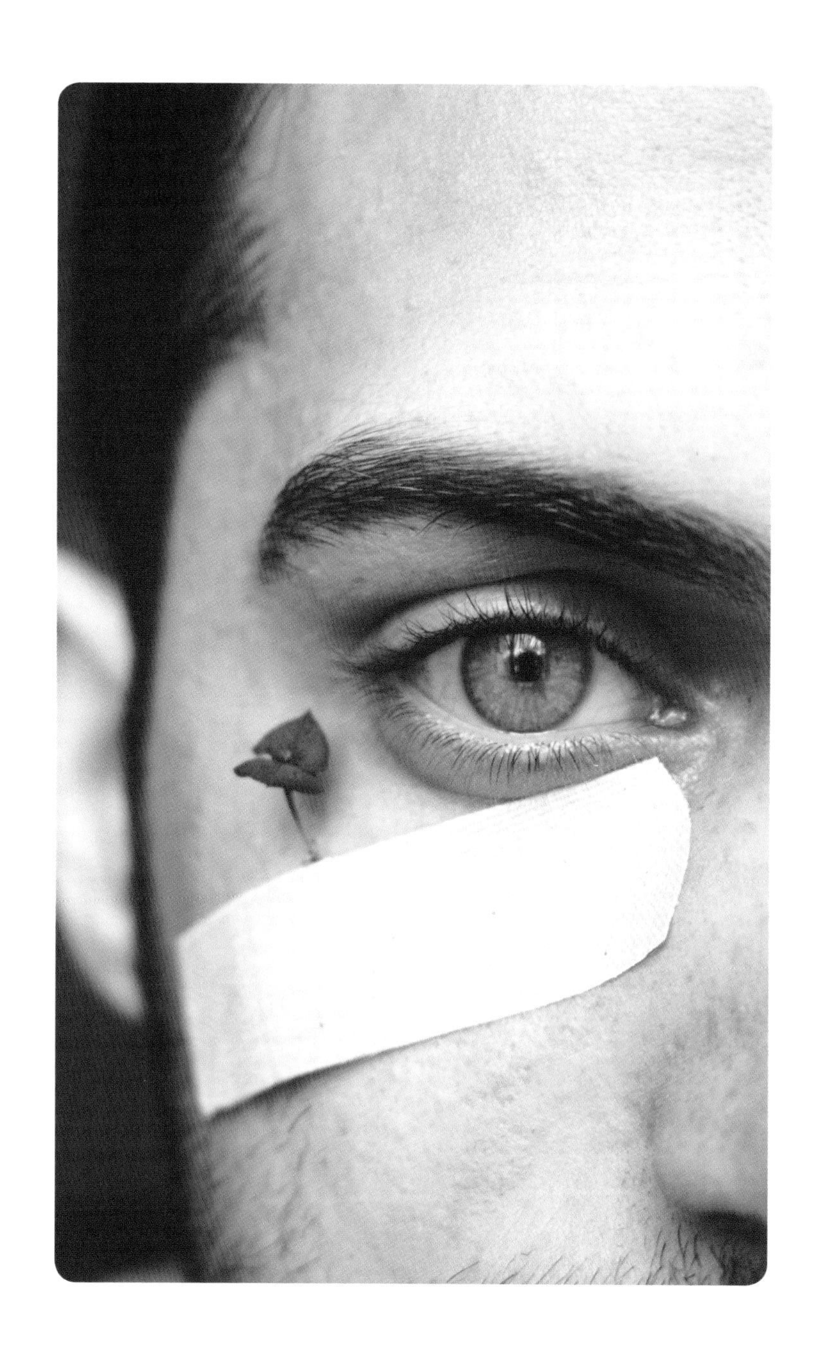

발의 흔적

공중부양을 꿈꿨을 때는 미안했었다
스멀스멀 어깨에 날개 돋기를 바랐을 때도 그랬다
흙길을 걷고 있을 때 살아 있다는 걸 알았다
새 것일 때는 닿을 곳 안 닿을 곳 무턱대고 다녔지
생각이 오래 머물고 쌓이면서 한 발짝 옮기기가
무겁고 무거웠다
내어딛을까 말까 내게 눈치가 보인다
신기루 같은 삶이 깊어지고 나서
아니, 삶이 헌 것이 될수록 더더욱 어렵다
발길 닿았던 그곳과 멀어져야 할 때
발길 닿았던 그곳이 아득해질 때 부음처럼 서럽다
인체의 최하층에서 비밀 동맹으로 나와 살았던
그 발에게 이제사 사과한다
축지법 없이 신발 타고 다니며 슬쩍 남 인생을
베끼기도 했지만 어느 날 방향을 틀어 내 안으로
뚜벅 들어서는 맨발, 마음에 소름 돋운다
생의 큰길에서 로그아웃 그때까지 두고 두고 꺼내보아야
할 발, 맨발 그 한마디에 물들어 하마터면 열심히만 살 뻔했다

눈

함박눈이

저답게 펑펑 내리네요

한 해 끝자락

슬픈 환희처럼

슬픈 유머처럼

보이지 않음 눈머는

사랑같이

제4부

동행이라서

겨울 동백

당신 낡은 옷자락에도

봄이 왔다고

멈춰서 만나는 빨간 멍자욱들

나무에서

땅에서

가슴에서

삶의 제 몫을 견뎌내며

쓰거운 겨울을 이겨

목숨 떨군 땅에서도 다시 핀

참 멋진 붉은 마침표!

시 · 낭송 | 임솔내

https://www.youtube.com/watch?v=GjCUjzx7K7E

시간의 돌무덤

— 그리스 옴팔로스

매미의 칠 년치 맹렬한 울음이 뒤덮인 올림포스
희랍어가 새겨진 삼천 년 돌더미에
등을 내려놓았다 다시 두 손을 얹고
눈까지 감는다 아, 섹스의 순간이다 절정이다

넥타르를 마신 듯 전두엽이 온통 불기둥이다 벌겋게
불타오른다 저만치 태양 같은 목소리가 들려오고
신들의 점성술 속으로 빠르게 비상한다

잠깐 빌린 욕망의 밀랍 날개를 타고 문명의 자궁 속으로
빠르게 더 빠르게 추락한다

신에게 바친 수많은 돌들 무너진 신전의 잔해 속
얼핏 허리 휘도록 무거운 돌덩이
등짐 지던 한 사내 생각만 해도 명치끝이 아픈
그 사내의 배꼽과 떠돌이 동양 여자의 불두덩이 맞닿는 순간
아직 돌아가지 못한 신들의 잔상들로 가장 영험한
신탁소神託所가 황급히 채려지고

홑겹이던 내 한생이 굽이치며 융기한다
혹, 접신接神인가?
쨍쨍한 해에 달궈진 돌무덤 앞에
내 몸이 신전이 되어가고 있었다

동행이라서

곱게 가을 오더니
절로 가고 있는 만추 속에는
내 생일이 들었다
이렇게 많은 생일 선물을 받아보긴
올해가 최고다

꽤 살아낸 나인데 나의
화양연화는 지금인가 보다
곡진한 선물이 온다는 건
그 사람의 우주가 오는 것이다
사랑은 가끔 누군가의 가슴에 묻힐 때
가장 센티하고 그윽하다

정성으로 사랑으로
꼭~꼭 눌러쓴 금싸라기 같은 손편지
귀한 별튤립꽃 두 다발
도량에서 주운 상수리 열매를 하룻밤
울켜 쑨 도토리묵
고급 요리 까만 가지조림

가마우지 그려진 오래 묵힌
보이차, 금일봉투, 도량의 소산으로 담근
알타리무, 잘 익은 배추김치

이만하면 동절기
차고 시린 날 눈이 덮인들
내 기색은 옹골지리
'그림자는 꼴을 따른다' 고 했던가
뼈골에 사무친 빼어난 이 고마움을
내 언제 다 갚으올지

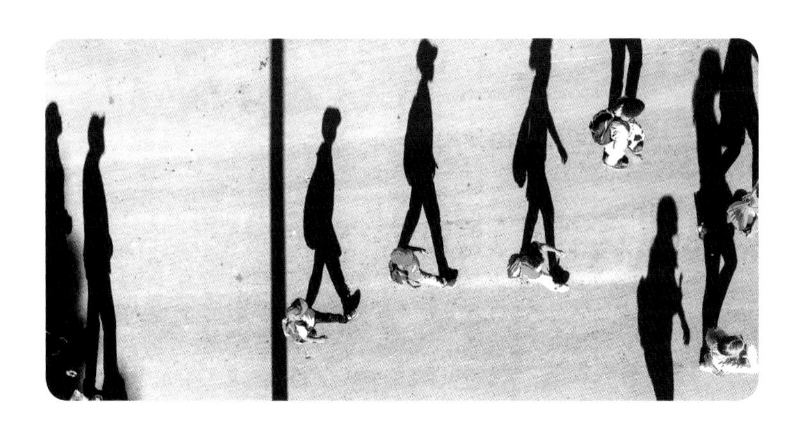

모란꽃

모란이 필 때
덕수궁에 갔더랬지요
양념 비도 내렸고
바람도 불어 다녔고
햇살도 따셨어요

수달래 물그림자가 걸음을
붙잡고 일행은
전생부터 있어온 그런 인연인 양
차름했어요
함초롬했어요
어쩌지 못할 만큼 사랑했어요

우리는 그랬나 봐요
애절했었나 봐요
틀림없는 기시감이었어요
전생에 닿아 있었고
미생에까지 이어지나 봐요

모란이 펴 좋은 날

바람 불어 좋은 날

비 오시어 좋은 날

눈물처럼 기뻤어요

우리는 그랬어요

시 · 낭송 | 임솔내

https://www.youtube.com/watch?v=kx_umSHgrBo

강치의 바다

동해가 차게 푸르른 것은
그 어린것들의 눈물 빙하인 게지
독도가 봉긋 솟아오른 두 개의 봉인 것은
그 어린것들의 젖 물림인 게지
철~썩 철~썩 바다가 아프게 소리내 우는 것은
엄마 아빠 강치 바다무덤 속
합창인 게지

들린다
가슴 처민다
독도가 저 푸른색으로 외로이 득도할 동안
우린 무얼 했는가
아, 묻는다
독도가
지네 땅이었으면 강치를
그리 도륙했겠어

I
Dokdo

기다림

메리골드 차 한 잔이

그대를 떠올리네요

밖엔

하얗게 눈이 나리고

어디선가 사슴 썰매 종소리 들려요

님이 오시는 소리 맞죠?

섬

섬 같은 사람이 있었습니다
외롭지도 슬프지도 않지만
참 서러운 일이었지만
섬이었습니다 나는……

산길 버스킹

백사실 너럭바위 몸에

곡수가 길을 내고

달바위月巖 내려와

한가함을 같이하네

망초꽃 흔드는 비단결 낮바람

햇살 한 줌 맘으로 드니

햐~ 예가 요지*라

서왕모와 코로나 거리두기 토크만 남았네

*요지瑤池 : 서왕모가 사는 곤륜산의 아름다운 연못.

용서해요

미안해요 젊지 않아

미안해요 마음만 젊어

미안해요 굼떠

진짜 진짜 미안해요 젊어봤어서

새마을호

조치원쯤
차창으로 펼쳐진
벌판에 겨자를 뿌린 듯
벼단풍이 참 예쁩니다
바람붓이 허공을 날아 가을을 낳았어요

봄날

그대여
부르며 오는

그대여
부르며 가는

꽃
꽃비

아시나요

세상에서 제일 긴 기차를
혼자 타고 떠났어요

그도 그럴 것이라 믿고

사랑은 참 희한하데요!

시 · 낭송 | 임솔내
https://www.youtube.com/watch?v=YNmE7eXiluQ

프리즘

웅덩이에 비 한 방울 떨어지면
풍경이 통째 흔들린다
하늘이 깨지고 산이 무너져
나무는 휘청거리고 흩어졌다 다시 모인다
천지가 일어선다
생애 뿌리까지 흔들렸던 내 젊은 날
유리 조각같이 터져 가던 내 어린 날
장대비 쏟아져도 아직 살고 있는가

아모르 2012, 영화를 보다

이쪽 여자 강물 저쪽 남자 강물
소리 없이 흘렀습니다
수돗물을 틀고 변기물을 내리고
침대가 출렁이고
먼 데서 불어오는 바람이 창문을 후려치고
수족이 파도치고 빈집처럼 비둘기가 날아들고
저쪽 남자강 이쪽 여자강이
소리 없이 울었습니다
강물과 눈물이 가슴 적셔 흐릅니다
꽃노을 발갛게 묻히고
유려하게 굽이치는 아모르 아모르
바다에 이르는 길은 참으로 길었습니다

아일랜드

스마트폰
고 손바닥만 한 화면에 코 박고 섬처럼 산다
신 벗고 뛰어도
따라갈 수 없는 그 세계에 빼앗겨버린 아들 딸들
그 쓸쓸한 화석들
어른들은 더 섬이다

君たちは う生きるか

선물

오늘
7시 이른 아침
내게 배달된 귀티 나는 난蘭 말이다
이파리에
미색 테를 두른 채 향이 천 리나 갈
꽃대 다섯 촉이나 품고 말이다

꽃花 익걸랑
글文 익걸랑
내 꼭 그대 부르리라
난향에 취해
우린 어디까지 갈 수
있는지……

경(景)에서 경(經)을 읽어내는 특출한 안목과 식견

호병탁(시인 · 문학평론가)

1

10년 만에 내는 시집이라고 한다. 오랜만에 시집을 세상에 내놓는 감회가 어떠한지 우선 「시인의 말」을 읽어본다. "시가 시로부터 오는 것이 아니라/사람으로부터 오는 것이라" 모처럼의 "책 만들기는 지난"했다며, 자신의 시편들을 "그냥,/ 크고 붉은 나의 한생을/제목으로 눙쳤다"고 겸손하게 옷섶을 여미고 있다. '크고 붉은 나의 한생'이란 말이 눈길을 끈다. 시집 제목이 『홍녀』다. '홍'에는 크고(鴻), 붉다(紅)는 의미가 공유된다. 그렇다면 '홍녀'라는 말은 크고 붉은 생을 살고 있는 '시인 자신'을 가리키는 말이 아닌가.

시집에 '홍녀'라는 작품은 없다. 그런데 시집 두 번째로 등장하는 작품 「십장생 금침(衾枕)」은 표제시로 견인해도 무방할 정도로 '홍녀'의 삶의 한 면모가 잘 드러나고 있다. 이제 시인이 말하는 홍녀의 크고 붉은 생은 과연 어떠한 것인지 「십장생 금침」을 중심으로 작품들을 보며 논의를 계속하기로 하자.

십장생 수 이불을 한 채 들여온
그때부터일 것이다
밤마다 내 배 위에 하늘이 내려오는 일
그 지체 높은 십장생이, 실밥으로 박혀 있던 열 개의 몸짓이
황금 폭포처럼 내 안으로 들기 시작했다
열락이다

기골찬 대숲 바람 소리 들린다
목이 긴 흰 새와 찔레순 닮은 관을 달고
오방색 구름톱 넘나드는 무구한 것들 온데간데없이
달이 부풀어 오르는
밤마다 내 배 위엔 새로운 땅이 솟는다
또 열락이다

밤새 대숲 바람 소리 세차다
아슴한 그곳 봉과 황의 몸이 닿는 순간
구름보다 더 높은 곳으로 내가 치솟는다
빈 곡신에 시퍼런 썰물이 들이치면
백 년 적송이 온몸으로 운다
열 개의 몸짓이 황금 폭포로 내 안에 쏟아지는 일
밤마다 내게로 하늘 내려오는 일
신비한 우주 속으로 걸어 들어가 절로 십장생이 되는 일

두 눈 질끈 감은 채
밤마다 열리는 마법의, 그 영화로움에 빠져
나는 끊임없이 수만 번씩 바람 이는 대숲에 들고

나는 끊임없이 다시 태어나고 또다시 태어난다

십장생 수 이불을 한 채 들여온
그때부터일 것이다
나의 이 천 개의 열락은

—「십장생 금침(衾枕)」 전문

화자는 어느 날 "십장생 수 이불을 한 채 들여"놓은 모양이다. 이불을 들이게 된 연유나 그것이 왜 십장생 무늬여야 했는지에 대해선 아무런 언급 없이 작품은 그대로 본론으로 치고 들어간다. "그때부터일 것이다". 과연 이부자리 들여놓은 '그때부터' 무슨 일이 일어나는 것인가. 독자는 궁금해진다. 놀랍게도 그 무슨 일은 "밤마다 내 배 위에 하늘이 내려오는 일"이다. 우리는 번쩍 눈을 뜨게 된다. '밤마다', '내 배 위', '내려온다'라는 단 세 개의 어휘로 시인은 작품 초입부터 독자의 시선을 휘어잡아버린다.

화자는 이를 좀 더 구체화한다. 하늘에서 내려오는 것은 "열 개의 몸짓"이다. 이는 물론 십장생을 비유하는 말이다. 그것들이 "황금 폭포처럼" 화자의 몸 "안으로" 쏟아져 들어온다. 그리고 화자는 "열락"을 느낀다. 열락은 보통의 기쁨이 아니다. 불가에는 이 말을 '유한한 욕구를 넘어서 얻는 큰 만족'으로 정리한다. 즉 '무량의 기쁨'이 될 것이다. 나는 이 작품에서 이 말을 사랑의 '절정'에서 얻는 기쁨으로 해석한다.

둘째 연에서 수위는 높아진다. 화자는 이불 속에서 "기골찬 대숲 바람 소리"를 듣는 것이다. 기골은 '기혈과 골격'의 합성어로 '건장하고 튼튼한 몸'의 외관을 가리키는 말이기도 하다. 그런 '숲 바람 소리'를 맞으며 밤을 지내는 동안 화자의 "배 위엔" 옛날과는 다른 "새로운 땅이 솟는다". 또 다른 사랑의 새로운 열락을 느끼고 있는 것이다.

셋째, 넷째 연에서 화자는 아예 작정한 듯 한층 더 세게 밀어붙인다. "기골찬 대숲 바람 소리"는 이제 "밤새" 세차게 불고 있다. "아슴한 그곳"은 어디를 말하는 것인가. 그곳은 "봉과 황의 몸이 닿는" 곳이다. '봉황'이 아니라 '봉과 황'이라고 표현하고 있음을 주목할 필요가 있다. 봉황새는 그 몸과 날개 빛이 오색찬란하고 다섯 가지 소리를 낸다는 상서로운 새다. 그런데 중요한 것은 수컷을 '봉', 암컷을 '황'이라 한다는 사실이다. 당연히 "봉과 황의 몸"이 합쳐졌을 때 열락은 "구름보다 더 높은 곳으로" 치솟을 수밖에 없을 것이다. 또한 "온몸으로" 울게 될 것이다. 앞서 열락이 '사랑의 절정에서 얻는 기쁨'이라는 필자의 해석은 더욱 설득력을 갖게 된다.

이러한 서로의 "몸이 닿는" 절대적 교호는 바로 첫 연에도 나타나는 '내 배에 하늘이 내려오는 일'이자 '열 개 몸짓이 내 안에 쏟아지는 일'이 아니고 또 무엇이겠는가. 그리하여 화자도 "절로 십장생이 되"어 '한 몸'이 되는 일이 아니고 또 무엇이겠는가. 따라서 이제 화자는 "수만 번씩"이나 "대숲에 들고" 그때마다 리비도의 충족으로 "두 눈 질끈 감은 채" 새롭게 "다시 태어나고 또다시 태어"나게 되는 것이다.

마지막 연에서 화자는 이런 모든 일이 "십장생 수 이불을 한 채 들여온/그때부터일 것이다"라고 작품 초입의 발화를 반복한다. 그 일은 바로 '열락'과 직결되는 일이었다. 화자는 그것이 "천 개의 열락"이나 되었다고 구체적인 숫자까지 밝히며 작품의 매듭을 묶고 있다.

한마디로 작품은 직선적이고 강렬하다. 솔직하고 관능적이다. 과연 크고 붉은 '홍녀의 생'답다.

2

작품 내용과 형식은 별도의 독자적 구조를 갖는 것은 아니다. 시인이 의도하는 작품 의미가 가장 잘 조직된 상태가 바로 작품의 형식이 되는 것이다. 십장생 중의 하나인 '적송'을 예로 들어보자. 적송에는 뿌리, 줄기, 가지, 잎과 같은 여러 요소가 있지만 이들은 어떤 틀에 맞춰 억지로 그런 형태를 갖게 된 것이 아니라 저절로 주위 환경에 맞추어 하나의 완전한 구조로 자연스럽게 성장한 결과다. 이 구조에는 필요한 요소는 다 있고 필요 없는 요소는 하나도 없다. 또한 서로 유기적으로 긴밀하게 연결되어 있다. 바로 언어예술인 문학이 그러하다. 따라서 생명체와도 같은 구조물인 문학작품은 자신의 여러 미학적 요소에 주의와 관심을 기울여줄 것을 요구한다.

작품의 구조를 대할 때 가장 먼저 지각하게 되는 것은 '음악적 요소'다. 모든 시에는 운율의 패턴이 있는 것이며 만약 없으면 아무리 행과 연을 나눠도 그것은 시라고 부를 수 없다. 산문시와 산문은 외형은 같지만 운율의 유무로 구분된다. 「십장생 금침」은 물론 음악적 요소를 갖추고 있는 운문으로 반복과 변이를 통해 리듬을 창출하고 있다.

작품 첫 연을 여는 "십장생 수 이불을 한 채 들여온/그때부터일 것이다"라는 문장은 글자 한 자 바뀌지 않고 역시 마지막 연을 열며 반복되는데 이 반복의 효과는 리듬은 물론 화자의 정서를 한층 배가시키는 역할을 하고 있다. 같은 연의 "밤마다 내 배 위에 하늘이 내려오는 일"은 둘째 연에서 "밤마다 내 배 위엔 새로운 땅이 솟는다"로, 셋째 연에서는 "밤마다 내게로 하늘 내려오는 일"로 약간의 변이와 함께 반복되고 있다. 같은 소리가 너무 되풀이되면 단조롭고 지루할 수 있다. '반복'에 변화를 주는 것이 '변이'이고 이 둘이 서로 조화를 이룰 때 우리는 즐거움을 느낀다.

셋째 연 끝 부분의 세 행은 '-하는 일'이란 동일한 종지형이 반복 · 병치되고 있음을 볼 수 있다. 즉, "내 안에 쏟아지는 일", "하늘 내려오는 일" 그리고 "십장생이 되는 일"이 그것이다. 동일한 통사구조의 문장이 동일한 어미로 반복되고 있다. 게다가 반복 음이 각행의 동일한 위치에 병치되어 있기 때문에 그 효과는 배가된다. 리듬의 즐거움 속에 운문은 발생하는 것이고 이는 생리학적 신체의 리듬과도 직결된다. 심장의 박동은 평소 우리가 의식하지 않지만 생명에 직결되는 중요한 리듬 동작이 아닌가.

넷째 연에는 "나는 끊임없이"란 말이 이번에는 문장 말미 대신 문장 서두에 반복 · 병치되고 있다. 이는 셋째 연 '-하는 일'의 반복 · 병치와 같은 기법으로 리듬의 효과는 물론 "밤마다" 지속되는 열락의 기쁨을 재강조하는 역할을 수행하고 있다. "밤마다"라는 수식어 또한 작품에 네 번이나 문장의 서두로 반복되고 있다. 셋째 연에서는 "밤새"라는 말까지 이에 가세한다. 마침내 넷째 연에서는 "나는 끊임없이"란 말이 반복 · 병치 되고 있다. 우리는 그들의 사랑이 "밤마다", "밤새", "끊임없이" 계속되고 있음을 재확인한다. 참으로 '황금 폭포'처럼 찬란하고 '구름보다 더 높은 곳'으로 치솟는 황홀한 사랑이 아닐 수 없다.

작품의 리듬과 음악성과 관련하여 절대로 지나칠 수 없는 작품이 있다.

> 내 안에 사람을 들인다는 거
> 내 안에 그대라는 강물이 흐른다는 거
> 날마다 흐벅진 산(山)이 내 안에
> 자라고 있다는 거
> '잘 살자' '잘 살자' 자꾸만
> 말 걸어 온다는 거

홍건하고
아늑하고
아득하다는 거

산다는 건 견디기도 해야 하는 거
그대의 찬 손 내 안에 쥐면
떨어뜨릴 수도 없는 눈물이
고인다는 거
꺼내 보이기도 벅찬 내 마음
정갈한 삶 위에
곱다시 얹어본다는 거

저 아련한 거처
내가 할 수 있는 위로가 없어
잊을 수도 놓을 수도 없어
나도 그럴 거라는 거

허나,
그대라는 편질 읽으면
왜 이리 울어지는가

—「내 안에」 전문

역시 기막힌 사랑의 노래다. 그대라는 사람은 "날마다 흐벅진 산(山)"이 되어 자라고, '잘 살자'고 "말 걸어" 오는 "홍건하고/아늑하고/아득"하기만 한 좋은 사람이다. 첫 연이다. 그러나 "산다는 건 견디기도 해야 하는" 것이어서 둘 사이에는 말할 수 없는 문제도 있다. 그래서 "꺼내 보이기도 벅찬" 마음에 "그대의 찬 손 내 안에 쥐면/떨어뜨릴 수도 없는 눈물이/고인다"고

힘겨운 마음을 표출한다. 둘째 연이다. 이어지는 연에서 화자는 그래도 그대를 "잊을 수도 놓을 수도 없"다고 사랑의 안타까움을 드러낸다. 그리고 그대의 "편질 읽으면/왜 이리 울어"지느냐고 스스로의 속내를 고백하며 작품의 마지막 연을 마감한다. 전체적으로 작품의 독해는 대충 위와 같이 정리된다.

무엇보다 주목할 점은 3연까지의 모든 행의 문장이 '-하다는 거'라는 동일한 종지형으로 반복·병치되며 끝나고 있다는 점이다. 즉, "사람을 들인다는 거", "강물이 흐른다는 거", "산(山)이 내 안에/자라고 있다는 거"와 같이 동일한 위치에서 동일한 음이 동일한 통사구조의 문장으로 반복되며 끝나고 있는 것이다. 더 이상 설명이 필요 없다. 완벽한 리듬과 음악성이 창출되고 있다.

그런데 눈길을 끄는 점이 또 있다. '거'는 의존명사 '것'의 준말로 앞에는 반드시 수식이 있다. 즉 '흐른다는 거'는 '흐른다는 것'과 같은 말로 앞에는 '그대라는 강물이'와 같은 수식이 있게 되는 것이다. 그러나 앞에 아무리 긴 수식이 있어도 어디까지나 하나의 '구(句)'에 불과하다. 따라서 '흐른다는 것'이라는 주부만 있고 그것이 어쨌다는 술부가 없는 제대로 된 하나의 문장이 될 수 없다.

의외로 여러 '-하는 거'에 대한 결과를 말하는 술부는 접속부사 "허나"로 연결되는 단 한 행의 넷째 연이 모두 감당한다. 그 '-하는 거'라는 일들은 결국 "그대라는 편질 읽으면/왜 이리 울어"지느냐는 질문이 나오게 되는 일이었던 것이다.

일반적으로 연과 연 사이의 휴지(休止)는 행과 행 사이의 휴지보다 길다. 이 휴지를 통해 시인은 의미의 단속과 작품의 호흡을 조절하게 마련이다. 그런데 시인은 셋째 연까지의 주부와 마지막 연의 술부 사이의 휴지를 이

용하여 의미의 연속적 연결을 의도적으로 단절시키는데, 이는 시학에서 의미를 다음 연으로 넘기는 문학적 기법, '시행걸침(enjambement)'이라고 할 수 있다. 이 경우 주부와 술부 사이에는 시간적 · 심리적 거리가 발생하게 되고 따라서 앞 연에서 야기된 정서가 상대적으로 오래 지속되게 된다. 그러나 이런 단절은 통사론적으로도 부자연스럽다. 아무래도 휴지를 거쳐 다음 연을 읽기까지는 의미 파악의 연속이 멈추고 말기 때문이다. 이 잠깐의 휴지 기간 동안 독자는 의외성과 모호성으로 순간 당황할 것이다. 빠르고 정확한 의사소통을 목적으로 하는 일상 언어에 역행하기 때문이다. 문학 언어는 일상 언어에 가해진 조직적 폭력이란 말이 상기되는 부분이다. 그러나 시인은 바로 이 점을 겨냥한 것 같다. 이런 모호성은 우리로 하여금 언어의 지시적 의미에서 눈길을 돌려 그 형식적 특징에 주목하게 한다. 그 과정에서 '시적 긴장' 또한 발생하게 되는 것이다.

3

경험이란 우선 오관을 통한 외부 세계의 감각적 지각이다. 말은 인류의 경험이 축적된 결과로 생긴 의미의 기호다. 그런데 말을 독특하게 사용함으로서 의미의 모체인 경험을 자극할 수도 있다. 문학 언어는 바로 이런 능력이 있고 또한 이를 추구한다. 「십장생 금침」의 언어들도 우리의 경험을 통해 얻어진 의미의 기호들이다. 그리고 대상을 감각적으로 인식하도록 자극하고 있다. 소위 심상(心象)이다. 심상은 글자 뜻 그대로 '마음에 떠오르는 모습'이다. '마음속의 그림'이란 말의 연유가 여기에 있다. 그러나 심상은 시각뿐 아니라 모든 감각을 망라한다.

작품의 언어들 중 '이불'은 사랑을 나누는 방 안의 풍경을, '밤'은 남녀가 사랑을 나누기 좋은 시간임을, '배'는 여인의 벗은 몸을 떠올리게 한다. 그 외의 어휘들도 서로 조합하며 강한 심상을 만들어내고 있다. 예로 "열 개의 몸짓이 황금 폭포로 내 안에 쏟아지는 일" 또는 "기골찬 대숲 바람 소리"는 얼마나 시각과 청각을 강하게 자극하는 심상이 되고 있는가.

시적 심상의 가장 큰 부분을 차지하는 것이 '비유'다. "실밥으로 박혀 있던 열 개의 몸짓"은 '수놓아진 십장생'의 참신한 비유다. 이 '열 개의 몸짓'은 작품 곳곳에서 '황금 폭포', '대숲 바람', '시퍼런 썰물', '신비한 우주'와 같은 모습으로 화자인 '나'와 관계하며 그 의미의 힘을 뻗쳐가고 있다. 이 말들 역시 모두 비유에 해당한다. 그리고 '열 개의 몸짓'은 이 같은 동계열 의미들의 구심점이 되고 있다. 그리하여 '열 개의 모습', 즉 '십장생'은 작품의 '상징'으로 뻗어가는 심상이 되는 것이다.

이 작품에서 가장 해석이 힘든 비유는 "빈 곡신에 시퍼런 썰물이 들이치면"이라는 조건절이다. 도대체 '빈 곡신'은, 또 '시퍼런 썰물'은 무엇을 비유하는 것인가. 그리고 왜 밀물도 아닌 '썰물'이 들이친단 말인가. 해석이 힘든 부분이다.

앞뒤 문장의 맥락과 함께 살펴보자. '곡신'은 두 가지 해석의 여지가 있다. 구부러진 몸의 곡신(曲身)과, 곡식을 맡아 다스리는 신의 곡신(穀神)이다. 나는 후자로 본다. 곡식을 주관하는 지신은 천신에 대응하는 '땅'의 모신(母神)이다. 그래서 밤마다 배 위에 '하늘'이 내려오는 것 아닌가. 더구나 화자는 "아슴한 그곳"에 상서로운 '봉'을 받아들이는 '황'이다. 충분히 곡신으로 불릴 자격이 있다. 그런데 왜 '빈' 곡신인가. 이불을 들여놓기 전에는 화자는 봉과 "몸이 닿는" 황이 아니었다. 이 조건절의 문장은 아이러니의 일종인 '과장법'을 채택하고 있음을 인지할 필요가 있다. 한마디로 '빈' 곡신은 '외로운 여자'의 메타포였던 것이다.

들이치는 "시퍼런 썰물"은 이 작품에서 엄청난 비중을 차지하는 시어다. 이 말은 앞서 말한 대로 의미의 힘을 뻗쳐온 '열 개의 몸짓' 중의 하나로 보면 무방하다. 그런데 왜 밀물이 아니고 "썰물"인가. 왜 그것은 빠지는 것이 아니라 '들이치는' 것인가. 논리상 모순을 범하는 확실한 '궤변'이다.

다시 작품을 정독한다. 그들의 사랑은 "밤마다", "밤새", "끊임없이" 계속되고 있음을 재확인한다. 그리고 그 사랑의 열락은 "봉과 황의 몸이 닿는 순간"에서 오고 있음도 알게 된다. "순간"은 '영원'의 반대말이다. 그래서 그 "몸이 닿는 순간"을 위해 그들은 더 치열하게 밤마다 사랑을 반복하고 있는 것이 아닌가. 그러나 영원히 존재하는 것은 없다. 이불이 낡아가는 것처럼 십장생의 색도 바래갈 것이고 그 사랑의 치열함도 역시 점점 "썰물"처럼 빠져나갈 것이다. "삶이 헌 것이 될수록" 결국 우리 모두는 "생의 큰길에서 로그아웃"(「발의 흔적」)되고 마는 것이다. 그러나 "구름보다 더 높은" 절정으로 치솟기 위해 지금 이 순간만은 썰물도 밀려들어와야 한다. 그 "시퍼런 썰물"이 "폭포로 내 안에 쏟아"져 들어와야 한다. 그래야 그 희열로 "온몸으로" 울 것이 아닌가. 멋진 '역설(irony)'이 성립된다. 그리고 우리는 이 황홀한 사랑의 서사에 한 자락 페이소스가 깔리고 있음도 읽어내게 된다.

4

문학가들은 작품에서 일상과는 다르게 언어를 구사하려 한다. 여러 문학 장르 중 이러한 특성이 가장 두드러지게 나타나는 것은 역시 시이다. 물론 소설이나 희곡에 사용되는 언어도 일상어와 구별되는 언어지만 시는 문학어의 특성을 극단적으로 밀고나간다. 일상어는 듣는 사람을 이해시킬 수 있으면 그만이지만 시어는 이해뿐 아니라 감각, 정서, 상상력을 불러일

으켜야 한다. 따라서 시어는 일상에서 사용하는 언어보다 전압이 훨씬 더 높다.

이를 위해 시인들은 여러 방법으로 언어를 구사한다. 앞서 본 심상, 비유, 상징, 역설 등은 바로 시를 시답게 만들어주는 필수불가결한 시적 언어의 구성요소다. 꼭 짚고 넘어가야 할 요소가 또 하나 있다. '함축'이다. 언어를 가장 경제적이고 효율적으로 운용하는 방법 중 하나다. 동전의 양면처럼 모든 어휘는 지시어와 함축어의 두 요소를 지닌다. 전자는 사전적 뜻을 가리키고 후자는 그것을 넘어 따라붙는 암시적 뜻을 말한다. 논리학의 외연과 내포에 해당된다. 시인은 가능한 한 함축적 의미가 강한 어휘를 골라 쓰려고 한다.

「십장생 금침」은 강렬하고 애틋한 남녀 간의 사랑의 감정을 묘사하고 있다. 이를 위해 시인은 함축적이고 암시적인 언어들을 견인한다. '이불', '밤', '배', '폭포', '몸짓', '대숲' 과 같은 명사, '치솟다', '들이치다', '울다', '쏟아지다'와 같은 동사, '기골차다'. '세차다'와 같은 형용사 등이 그러하다. 이들 어휘는 작품 안에서 사전적 정의를 넘어서는 함축적 의미를 지니고 있다. 그러나 앞뒤 문맥을 살펴보면 모두가 성애와 연관 있는 언어라는 것도 쉽게 눈치 채게 된다.

이들 어휘 중 '배'라는 명사에 시선을 집중해보자. "밤마다 내 배 위"라는 말로 문장의 서두로 거듭 견인되고 있는 이 '배'라는 어휘는 '복부'라는 한자어와 동의어지만 함축적 의미에서 큰 차이가 있다. '배'는 척추동물의 가슴과 엉덩이 사이 부분을 말한다. 이 어휘는 특별히 조심해야 할 말도 경계해야 할 말도 아니다. 그러나 일반적으로 부정적 의미가 내포되어 사용되고 있는 것도 사실이다. '배가 맞다'라고 하면 남녀가 남모르게 서로 정을 통하는 것을 말하고, '배 아프다'라고 하면 배탈 났을 때도 쓰지만 남이

잘되어 심술이 날 때도 항용 동원된다. 정 많고 마음 좋은 사람을 '가슴이 따뜻한 사람'이라고 하지 '배가 따뜻한 사람'이라고는 하지 않는다. 이처럼 '배'라는 말은 일상에서도 무언가 부정의 뜻을 함유한 말로 사용된다. 그러나 화자는 이 어휘를 그대로 견인하고 그 앞에 거침없이 소유격의 '내'라는 말을 붙이고 있다. '내 배', 즉 화자 자신의 배를 가리키고 있는 것이다.

그러나 바로 이 점이 이 시를 돋보이게 하는 결정적 요소가 된다. 시는 아름다운 언어로만 되어 있는 게 아니다. 점잖지 못하고 상스러운 말도 얼마든지 시의 언어가 될 수 있다. 시인의 상상력에 의한 연금술을 거치고 나면 그런 말도 보석처럼 빛을 발하는 시어가 된다. 부정적 의미를 내포하고 있는 '배'도 마찬가지다. 오히려 이런 토속어가 더 구체적이고 감각적이고 신선한 말이 된다. 한자어를 많이 사용하는 시일수록 사변적이고 관념적이 되기 쉽다. 만약 '배' 대신 동의어 '복부'로 대치한다면 시의 정취는 크게 훼손될 것이다. 내친김에 "밤마다 내 배 위에 하늘이 내려오는 일"을 한자어를 동원해 읽어보자. '매 야간 내 복부 상부에 천공이 하강하는 일'이 된다. 이렇게 되면 시도 아니다. 오히려 고의적으로 우스꽝스럽게 만든 꼴이 되고 만다. 배꼽 달린 '배'라는 말을 평소 일상 언어로 접하면서 성장한 우리에게 이 말은 독특한 정서를 환기하는 동시에 결정적 친화적 요소로 작동하고 있는 것이다.

시인의 예리한 안력으로 선별되어 사용되고 있는 함축적 어휘들이 어떻게 새로운 의미를 창출해가는지 작품 예를 하나 더 들어보자.

소등을 하고 잠자리에 든다
신새벽 물 한 모금 땡겨 주방에 들면

파랗게 눈을 뜬 반딧불이들이 날아 다닌다
(…)
저 천상의 빛에 감전되고 싶다
공허 속에 눈빛 이야기가 한창인
저 천상의 빛에 감전되고 싶다
죄다 돼지 콧구멍에 긴 꼬리가 꽂힌 채
저마다 환~한……
퇴화로 대변되는 짤막한 내 꼬리뼈를
어느 구녕에 꽂아야 열 달 만삭으로 환할까
그 꼬리뼈 접속하면 내 몸통에도 파란 반딧불이가 켜질까

—「반딧불이의 쇼생크 탈출」 부분

작품은 새벽에 "물 한 모금 땡겨" 주방에 갔더니 파란 반딧불이가 날아다닌다고 문을 연다. 마음이 무엇에 끌린다는 뜻의 "땡겨"가 우선 눈을 끈다. 이 말은 '당겨'가 '땅겨'로 이게 다시 '땡겨'로 변한 방언이다. 이런 말은 '두루마기'가 '두루매기'로, '상 차리다'가 '상 채리다'로, '속 썩이다'가 '속 쎅이다'로 변용되는 것처럼 사용되는 말로 기층언어 특유의 친화력과 호소력이 있다. 여기서 '땡겨' 대신 쓸 수 있는 말은 '마시고 싶어'밖에는 없다. 글맛은 뚝 떨어진다. 이 말은 뒤의 '구녕', '죄다' 등과 함께 작품 안에서 별처럼 반짝이는 아름다운 어휘가 되고 있다.

생략된 부분은 고흐의 〈별이 빛나는 밤〉이 붙어 있는 주방에는 반딧불이들이 날고 있었다는 것과 화자가 그 반딧불이를 열거하는 것이 전부다. 그래서 화자는 "별이 빛나는" "저 천상의 빛에 감전되고 싶다"고 발화하고 있는 것이다.

이어지는 행에 등장하는 "죄다 돼지 콧구멍에 긴 꼬리가 꽂힌 채"라는 구

절에 우리는 눈을 번쩍 뜬다. 우선 모처럼 듣는 '죄다'라는 말이 신선하다. 대개는 '모두 다' 혹은 '모조리'라는 말을 견인했을 터인데 역시 시인의 어휘 선별력이 대단하다.

그런데 "돼지 콧구멍"은 무엇이고 또 "긴 꼬리"는 무엇을 말하는 것인가. 놀랍게도 이 말은 '콘센트'와 '플러그'를 가리킨다. 우리는 전기회로를 접속시키기 위해 구멍 두 개 뚫린 콘센트에 플러그를 꽂는다. 그런데 플러그는 이어 "퇴화로 대변되는 짤막한 내 꼬리뼈"로 비유된다. 엉덩이 사이 골반의 마지막 부분에 위치한 꼬리뼈는 실제로 퇴화되어 일부만 뾰쪽하게 남아 있다. 전기 접속 기구가 '돼지 콧구멍'과 '꼬리뼈'로 비유된 것은 충격적으로 느껴질 정도다. 시에서의 비유는 이처럼 참신해야 한다. 진부한 비유는 오히려 작품을 망가뜨린다.

화자는 이어 "어느 구녕에 꽂아야 열 달 만삭으로 환할까"라고 스스로 묻고 있다. '구녕'이란 방언이 '땡겨', '죄다'라는 말을 만났을 때처럼 반갑다. 화자는 "그 꼬리뼈 접속하면 내 몸통에도 파란 반딧불이가 켜질까" 연거푸 묻고 있다. 우리는 이미 '꼬리뼈'는 플러그를, '구녕'은 콘센트를 비유하고 있음을 안다. 이 시에서 '반딧불이'는 바로 전기기기를 의미한다. 따라서 플러그를 꽂으면 화자가 열거하는 "스마트폰", "김치냉장고", "청소기", "정수기", "보일러" 등 모든 전기기구에는 당연히 불이 켜진다. 그렇다면 화자의 "몸통에도 파란 반딧불이"는 켜질 것인가. 천만에, 현실적으로 그럴 일은 없을 것이다. 그러나 생각해볼 점이 있다. 시인은 '시신에게 점령된 영혼'이라는 말이 있다. 요즘 이 말을 그대로 믿는 사람은 드물겠지만 확실히 시인의 창작 행위는 독특한 정신 작용에 의한다는 것은 사실이다. 우리는 그것을 '상상력'이라 부른다. 확실히 시인은 상상력으로 우리가 경험하면서도 아직 만나지 못한 새롭고 의미 있는 형상, 감정, 세계상을 나타내 보인다. 그렇다면 시인의 몸에도 불이 켜질 것임은 틀림없다.

5

사랑은 다른 사람을 애틋하게 좋아하고 그리워하는 마음으로 정의된다. '크고 붉은 생'을 사는 '홍녀'는 사랑이야말로 삶의 모든 것처럼 다른 사람을 사랑한다. 그런데 사랑에는 밤마다 "배 위에 하늘이 내려"오는 소위 남녀 간의 '에로스'적 사랑만 있는 게 아니다. '다른 사람'은 이성뿐만이 아니라 가족, 친구도 될 수 있다. 그중에서도 가장 큰 사랑의 대상은 역시 '아가페'적 사랑이라고도 할 수 있는 '어머니'가 될 것이다. 그래서인가. 시집에는 많은 어머니에 대한 시편이 산견된다.

나는 시인의 개인사에 대해서는 아는 바가 없다. 물론 시인 어머니에 대해서도 마찬가지다. 그러나 시인이 어머니와 함께 지내지 못한 것은 확실한 것 같다. 어머니와 떨어져 애절한 그리움을 노래하는 작품이 있다.

> 섬처럼 사느라
> 엄마를 내다버린 곳에 가지 못했다
> (…)
> 꿈처럼 자꾸 도망가라 멀어져라
> 혼밥으로도 이미 아득해졌을 길
> 헤지고 굽어진 길 어귀에서
> 서로 기다릴 텐데
>
> 눈에서조차 멀어지면
> 어쩌자고

꽃은 자꾸 떠서 지고 있는데

이제 가야지
엄마 버린 곳

—「하이바이, 19」 부분

화자는 어머니와 함께 하지 못하는 것을 자기가 "엄마를 내다버린" 것으로 스스로 간주하고 그 책임을 자신에게 묻고 있다. 즉 화자는 어머니로부터 "도망가라 멀어져라" 떨어져 나온 것을 어머니를 '버린 것'이나 마찬가지로 여기고 있는 것이다.

그런데 아직도 그 어머니는 "혼밥"을 드시며 "굽어진 길 어귀에서" 딸을 기다리고 있을 터이다. 이렇게 계속 지내다가는 어머니의 "눈에서조차 멀어"지는 얼굴이 되고 말 것이다. "꽃은 자꾸 떠서 지고" 있다. 화자의 마음은 갑자기 조급해지고 그리움은 더욱 애절해진다. 화자는 다짐하고 있다. 이제 "엄마 버린 곳", 즉 엄마 계시는 곳으로 돌아가겠다고.

「하이바이, 19」라는 시제를 생각해본다. 필자에게 생소하기만 한 이 말은 전혀 무슨 뜻인지 알 수가 없었다. '하이'는 만남의 인사이고 '바이'는 이별의 인사인가? 이리저리 자료를 뒤져보니 갑작스러운 사고로 딸의 곁을 떠난 어머니가 다시 환생하면서 벌어지는 이야기를 그린 드라마 제목이라고 한다. 그렇다면 화자가 '엄마 버린 곳'으로 찾아 간다는 것은 어머니에게는 딸이, 딸에게는 어머니가 '이별'의 아픔 끝에 다시 환생하여 '만남'의 반가움을 나누는 것이나 마찬가지가 될 것이 아닌가.

나는 믿고 기대한다. 애타게 어머니를 그리며 "엄마 버린 곳"으로 돌아가겠다는 시인의 다짐은 반드시 이루어질 것이라고.

시인은 미술관에 전시된 조각품에서조차 어머니에 대한 간절한 그리움을 느끼고 노래하는 사람이다. 우리가 미처 생각도 못하는 것을 그는 보고 느낄 수 있는 경(景)에서 경(經)을 보는 특출한 안목과 식견을 가지고 있는 것 같다.

미술관 〈리움〉에 가면
수를 다한 암거미가 산다
거뭇거뭇 칠이 다 벗겨진 강철 자궁 안에 알을 품었다
기골이 장대했던 몸체를 늙고 낡은 가는 다리들로
닻을 내린 푸릇푸릇한 슬픔
고대광실
거품 버글대며 비단 뽑던 암갈색의 청청한 몸
밀물썰물 들락이며 날것으로 펄떡이던
그 무작정의 내부는 이제 텅 비어서
금세라도 무너져 내릴 만큼 허하다
온기 식은 강철 우리 안에 알을
기어코 부화시키고서야 눈감을 저 엄마

언제 숨 거둘지 모를 내 엄마, 그의 꽃이던 나는
쿨하게 바칠 그 아무것도 없는데
이제 다시 살아보라고 내 자궁에 거둘 수는 없을까

—「미술관 사는 엄마」 전문

'리움'은 삼성그룹 창업주이자 각별한 미술 애호가였던 이병철 회장의 '리'와 뮤지움(museum)의 '움'을 따서 이름을 붙인 미술관으로 한국 사립 미술관으로는 최고 · 최대의 컬렉션을 자랑하는 곳이다. 국보 36점, 보물 96점을 비롯하여 세계적 대가들의 작품들도 헤아리기 힘들 정도로 소장하고 있다고 하니 얼마나 대단한 미술관인지 짐작이 간다.

물론 엄청난 유명 작품들이 눈앞에 전시되고 있을 것이다. 그런데 화자는 "거뭇거뭇 칠이 다 벗겨진" 암거미에 초점을 맞추고 있다. 화자는 미술관에 "암거미가 산다"고 단정적으로 말하고 있지만 이는 전시 조각임에 분명하다. 이런 최고의 미술관 내부에 거미들이 살고 있을 리도 없거니와 이 거미는 칠이 벗겨지고 "강철 자궁"을 가지고 있다고 하는 것을 봐도 그러하다.

첫 연에서 화자는 거미를 묘사하기 시작한다. 거미는 "강철 자궁 안에 알을 품었다" 그런데 그것은 "기골이 장대"했었지만 이제는 "닻을 내"리고 "늙고 낡은 가는 다리들로" 겨우 몸체를 버티고 있다. 화자는 그 옛날의 몸체를 "거품 버글대며 비단 뽑던 암갈색의 청청한 몸"이었고 "밀물썰물 들락이며 날것으로 펄떡이던" 몸이었다고 강력한 심상으로 표현하고 있다. 우리는 왜 화자가 앞에서 "암거미가 산다"라는 말을 했는지 이해가 된다. 위의 감각적 표현은 생명 없는 미술관의 전시품에 '산다'라는 생명력을 강하게 불어넣고 있기 때문이다.

그러나 암거미의 "내부는 이제 텅 비어서/금세라도 무너져 내릴" 것만 같다. 그럼에도 화자의 예리한 눈은 "온기 식은 강철 우리 안"에서도 알을 "기어코 부화시키고"자 하는 암거미의 모성을 읽어낸다. 그리고 화자는 그 거미를 "저 엄마"라고 부른다. 맞다. 자궁 안에 알을 품었으니 '거미 엄마'임에 틀림없다. 드디어 '엄마'라는 어휘가 등장한다.

둘째 연에서 "저 엄마"는 "내 엄마"로 변화된다. 첫 연의 여러 심상과 비유는 실상 '내 엄마'를 말하기 위한 미학적 장치에 다름 아니었다. 화자의 엄마는 "언제 숨 거둘지 모를" 분이다. 그런데 "그의 꽃이던 나는" 그에게 "바칠 그 아무것도 없"다. 화자의 안타까움이 절로 묻어난다. 그리고 화자는 "이제 다시 살아보라고 내 자궁에 거둘 수는 없을까"라고 어머니에 대한 절절한 애정이 담긴 발화를 하며 시를 마감한다. 이 연은 시의 주제가 담겨 있지만 앞 연에 비해 아주 짧다. 그러나 자신 스스로의 몸에 어머니를 직접 거두어 살리고 싶다는 충격적인 발화는 짧아서 오히려 더욱 결정적이고 효과적인 감동을 창출해내고 있다.

6

나는『홍녀』의 대표적 작품과 주제를「십장생 금침」의 '사랑'으로 보고 이 작품을 중심으로 여러 문학의 형식적 요소와 그 표현 방법을 분석해보았다. 물론 다른 분석의 방식도 얼마든지 있을 수 있다. 그런 예로 신화 · 원형적 비평이나 심리 비평을 들 수 있다. 간략하게 언급해보기로 한다.

'십장생'은 옛사람들의 소박한 자연 숭배 신앙에서 비롯된 것으로 볼 수 있다. 개인적인 생각이지만 이런 자연 숭배는 특정 '동식물'에 대해 신앙적 태도로 대하는 토테미즘이나, 농경사회에서 '태양과 물'을 숭배하고 무생물에게 정령이 깃들어 있다고 믿는 애니미즘과 관련이 있어 보인다. 십장생에는 이 두 가지 원시종교의 숭배 대상이 모두 포함되어 있기 때문이다. 따라서 십장생 숭배는 세련되지 않은 종교의 원초적 모습이라고 하면 적절할 것 같다. 이런 원시종교는 '신화와 전설'에 의해 뒷받침된다. 신화와 전설은 논리적 사고와 경험의 합리성을 넘어선다. 그래서인지 어찌 보면 더 인간적인 것도 같다. 가면을 썼던 '인간 심리'의 맨얼굴이 생생하게 드러나기 때문이다. 따라서 이 작품은 얼마든지 신화적 비평이나 심리 비평의 논리로도 분석이 가능하게 되는 것이다.

모든 작품에는 전달하고자 하는 내용이 있고 대개의 비평가는 바로 그

내용, 즉 '작품의 의미'를 밝히는 작업에 몰두해왔다. 그러나 단도직입적으로 말해 '하나의 작품'에 '하나의 의미'는 없다. 같은 작품도 첫 번째와 두 번째 읽을 때 달리 경험되고, 어렸을 때와 어른이 되어 읽었을 때 또한 의미는 다르게 해석될 수 있다. 문학작품에서 하나의 정답과 같은 의미를 찾아내려 하는 것은 오히려 그 작품에 대해 부당한 행위를 하는 것이나 마찬가지다.

물론 나도 하나의 올바른 의미를 찾아냈다고 볼 수는 절대로 없다. 나 이외의 다른 독자는 얼마든지 이 작품을 달리 해석할 수도 있기 때문이다. 또한 내 해석이 작가의 본래 의도와는 빗나갔을지도 모른다. 그러나 작가 자신도 미처 생각하지 않았던 어떤 것을 텍스트가 담고 있을 경우 이것은 어떻게 수용된단 말인가. 독자가 구체화하지 않는다면 영영 사라질 수밖에 없는 것이 아닌가. 이 점 양지해줄 것을 요망한다.

10년 만에 '지난하게' 시집을 내게 되었다고 말하지만 실상 시인은 이미 다섯 권의 시집을 상재했고 영랑시문학상, 한국문학비평가협회상 등을 수상한 바 있는 중견시인이다. 작품들을 읽으며 역시 높은 성가에 걸맞은 경(景)에서 경(經)을 보는 혜안을 가진 시인이라는 것을 새삼 인지했다. 보람 있는 독서였다. '더 크고 더 붉은' 홍녀의 즐거운 생이 계속되기를 기원한다.